THE WIND IN THE WILLOWS

柳林風聲

肯尼思·葛拉罕 Kenneth Grahame ／著　羅伯英潘 Robert Ingpen ／繪

李靜宜／譯

柳林風聲 *The Wind in The Willows*

作者｜肯尼思・葛拉罕 Kenneth Grahame
繪者｜羅伯英潘 Robert Ingpen
縮寫｜茱莉葉・史丹利 Juliet Stanley
譯者｜李靜宜

字畝文化創意有限公司

社長兼總編輯｜馮季眉
責任編輯｜戴鈺娟、李晨豪
美術設計｜蔚藍鯨

出　　版｜字畝文化／遠足文化事業股份有限公司
發　　行｜遠足文化事業股份有限公司（讀書共和國出版集團）
地　　址｜231 新北市新店區民權路 108-2 號 9 樓
電　　話｜(02)2218-1417
傳　　真｜(02)8667-1065
客服信箱｜service@bookrep.com.tw
網路書店｜www.bookrep.com.tw
團體訂購請洽業務部 (02) 2218-1417 分機 1124

法律顧問｜華洋法律事務所　蘇文生律師
印　　製｜中原造像股份有限公司

2020 年 5 月　初版一刷
2024 年 3 月　初版五刷
定　　價｜420 元
書　　號｜XBTH0054
ISBN 978-986-5505-20-2

國家圖書館出版品預行編目(CIP)資料

柳林風聲 / 肯尼思・葛拉罕(Kenneth Grahame)作;
羅伯英潘(Robert Ingpen)繪; 茱莉葉・史丹利(Juliet
Stanley)縮寫; 李靜宜譯. -- 初版. -- 新北市 : 字畝
文化出版 : 遠足文化發行, 2020.05
　　面；　公分
譯自：The wind in the willows
ISBN 978-986-5505-20-2 (精裝)

873.599　　　　　　　　　　　　109004948

特別聲明：有關本書中的言論內容，不代表本公司 / 出版集團
之立場與意見，文責由作者自行承擔。

目錄

1
河岸

　　鼴鼠一整個上午都很努力打掃。春天來了，上方的空氣暖洋洋的，溫暖的氣息也穿透泥土，進到他位在地底下的家裡。他丟下掃帚，衝到屋外，用小爪子拼命挖呀扒呀，不停往上鑽，最後鼻子終於伸出地面，晒到太陽。他在溫暖的草地上打個滾。

　　「這比做家事好多了！」他說。陽光晒得他的毛皮暖暖的。他穿過草地，直往另一頭的灌木林跑。突然之間，他發現自己到了河邊。他以前沒見過河，所以愣住了。他注意到河的對岸，只比水面高一點點的地方，有個黑黑的洞。就在這時，冒出了一張小小的臉，褐色的，長著鬍鬚。是隻

水鼠！

　　水鼠踏進一艘藍色的小船，問：「你要不要過來？」船很快就越過河面，不一會兒，鼴鼠就坐上船了。

　　「你知道嗎，」水鼠開船之後，鼴鼠說，「我從來沒坐過船耶。」

　　「坐在船上悠哉閒蕩，是最快樂的事啊……」水鼠閉上眼，彷彿作夢似的。

　　「小心啊，水鼠！」鼴鼠大叫，但來不及了。小船撞上河岸，水鼠飛了起來，四腳朝天摔到地上。他哈哈大笑，站了起來。

　　「看吧，坐船最好玩了！嘿，要是你沒事的話，就和我一起搭船遊河，好好玩上一天吧。」

　　「好，一起去！」鼴鼠回答說，開心得腳趾直搖。

　　「等我一下！」水鼠說。

　　水鼠爬回他的洞裡，回來的時候提著一個大大的野餐籃。

　　「籃子裡裝了什麼？」出發之後，鼴鼠問。

　　「裡面有冷雞肉，」水鼠回答，「冷牛舌、冷火腿、冷牛肉、醃黃瓜、沙拉、法國麵包、水芹三明治、肉罐頭、薑汁汽水、檸檬汁、蘇打水……」

　　「噢，夠了，夠了！」鼴鼠說，「你帶太多了！」

「你真的覺得太多？」水鼠一本正經的問，「我搭船小旅行的時候，向來都帶這麼多東西的。其他動物還老是說我很吝嗇呢。」

鼴鼠根本沒聽到水鼠說什麼。他沉醉在波光、漣漪，以及河水的氣味與聲音裡。他一隻腳掌泡進水裡，在接近中午的陽光裡作著白日夢。

水鼠知道鼴鼠剛剛愛上這條河，於是繼續划槳，不打擾這位新朋友。

過了一會兒，鼴鼠豎起爪子，指著岸邊草地盡頭的陰暗樹林。

「那裡是什麼地方？」他問。

「那是野森林，」水鼠說，「我們不太到那裡去的。」

「那裡住的是好人嗎？」鼴鼠有點緊張的問。

「松鼠還不錯，兔子也還好。獾也住在那裡，就在樹林正中央。親愛的老獾！沒有其他動物敢找他麻煩。」

「有動物會找別人麻煩啊？」鼴鼠問。

「黃鼠狼、鼬鼠、狐狸……之類的。」水鼠說，「其實從某些方面來說，他們也還算好啦，可是你就是不能真正相信他們。」

「野森林再過去是哪裡？」鼴鼠問。

「過了野森林就是大世界，」水鼠說，「我以前沒去過，以後也不會去。你要是腦袋瓜夠清楚，也不應該去。拜託，別再提起那個地方了。到

了！我們要在這裡野餐！」

　　水鼠把船綁好，扶鼴鼠安全上岸，拿出野餐籃。鼴鼠打開籃子，而水鼠在草地上伸伸懶腰，兩位朋友一起吃著美味的大餐。

　　「你在看什麼？」水鼠愉快的問。

　　「我在看水面上冒出來的泡泡。」鼴鼠說。

　　「泡泡？哎呦！」水鼠說。水獺突然從河裡爬出來，一面甩著外套上的水。

　　「哈囉，」水獺說，「今天全世界的動物都跑到河上來玩啦。我想來這裡找個清靜，結果又碰上你們。」

　　他們後面的樹叢發出沙沙聲，一顆有條紋的腦袋冒了出來。

　　「嘿，老獾。」水鼠大聲喊他。

　　獾加快腳步往前走，嘴巴裡嘟嘟嚷嚷：「噢！朋友。」然後一轉身就消失了。

　　「我們今天不會再看到他了。」水鼠失望的說。

　　「噢，蛤蟆不在家。」水獺說，「他穿了一身新衣，划著他的新划艇出門了。」

　　「他老是有新花樣，玩膩了，就又開始找新鮮事。」水鼠大笑說。這天

下午回家途中，鼴鼠非常興奮的說：「水鼠，我也要划！」

「你先學會再說吧。」水鼠微笑說，「這可不像看起來這麼簡單喔。」

但是鼴鼠跳了起來，抓住船槳。因為事出突然，所以水鼠又往後翻倒，四腳朝天。這已經是他今天第二次跌跤了。

「別鬧了！」水鼠喊著，「你會害我們翻船的！」

水鼠說對了！他們兩個一起掉進水裡，可是鼴鼠不會游泳！他嚇壞了，拼命拍水，吐水，卻還是往水裡沉，還好馬上就有一隻手穩穩抓住他的頸背，把他拖上來，躺在岸邊。是水鼠，正哈哈大笑的水鼠。

準備好再次啟程時，鼴鼠坐進船裡，傷心的說：「水鼠，對不起，我實在太不應該了。我差點就把你漂亮的野餐籃給搞丟。你會原諒我嗎？」

「當然會！」水鼠回答說，「身體弄濕算什麼？我可是水鼠耶。過來和我住幾天吧。我家很簡樸，但是很舒服。我可以教你划船和游泳。」

他的善意讓鼴鼠感動到說不出話來，只能用手掌擦掉眼淚。

回到水鼠家之後，他們吃了一頓快樂的晚餐，但鼴鼠吃完飯就爬上床，很快睡著了。

就從這一天起，鼴鼠度過許多美好的日子。他學會游泳和划船，愛上了這條河，和輕輕在蘆葦叢中低吟的風。

2

大路

「**水**鼠，」有個晴朗的夏日早晨，鼴鼠說，「你可以帶我去拜訪蛤蟆先生嗎？我老是聽你提起他，真的好想見見他喔。」

「沒問題，」水鼠說，「上船吧，我們現在就去。拜訪蛤蟆啊，什麼時間都可以。他這傢伙有點自大，腦筋也不是太好，但是每當他見到我們總是很開心，我們要走的時候他也會很難過。」

他們繞過小河彎曲的地方，看見一棟很大的房子，是紅磚蓋的老房子。門口一片整整齊齊的草坪，延伸到水邊。

「這裡就是蛤蟆莊園。」

他們把船停在船屋，穿過草地，去找蛤蟆。蛤蟆坐在院子的涼椅上，腿上攤開一張地圖。

「我正要派艘船去找你呢，水鼠。」他大聲嚷嚷，「我叫他們馬上帶你來。」

「我猜是為了你那艘划艇吧。」水鼠說。

「噢，才不是！」蛤蟆說，「划艇已經是過去式了。我現在找到真正值得做的事了！跟我來，我帶你們去看看！」

蛤蟆帶他們走到馬廄前的大院子。

「這才是真正的生活！」他大聲叫嚷，指著一輛全新的吉普賽篷車。

「開上大路闖天涯！我們今天出發，明天就可以抵達另一個地方！」鼴鼠興致勃勃，但是水鼠只哼了一聲，手插進口袋。

「我們今天下午就出發。」蛤蟆說。

「請再說一遍，」水鼠說，「你是說『我們』，『今天下午』，『出發』？」

「親愛的水鼠，」蛤蟆唉嘆說，「你一定要來。少了你，我自己是辦不到的。」

21

「我才不管你咧，」水鼠說，「我不去，就這樣。」

「你怎麼說，我就怎麼做，水鼠！」鼴鼠說，「但這趟旅行應該會很好玩。」

「來吃午餐吧，」蛤蟆說，「我們可以邊吃邊討論。」

等吃完午餐，蛤蟆已經說服他這兩位朋友陪他一起上路了。他們牽出馬，把行李放上篷車，在陽光燦爛如黃金的下午出發了。鳥兒開心鳴唱，路過的動物也紛紛停下來欣賞他們的馬車。

傍晚時分，他們停下車，放馬去吃草，然後高高興興的坐在馬車旁邊的草地上吃晚餐。

「這才是真正的生活！別再想你那條河了。」蛤蟆說。

「不行！」水鼠說，「我每一分每一秒都在想念我的河。」

鼴鼠捏捏水鼠手掌，輕聲說：「也許我們應該偷偷溜走，回家去？」

「不，我們得繼續

走。」水鼠輕聲回答，「我們要跟著蛤蟆，直到旅行結束。丟下他一個太不安全了。花不了多少時間的，他很快就會失去興致啦。」

兩天之後，他們在大馬路上駕著馬車往前走的時候，聽見後面遠遠傳來「噗──噗！」的聲音。突然，一輛大汽車開過他們旁邊，捲起灰濛濛的一團灰塵，讓他們什麼都看不見。等他們睜大眼睛看，那輛汽車已經快速消失在遠處了。

老灰馬被嚇得舉起前腳，篷車往後翻，掉進路邊的大水溝裡。

鼴鼠忙著安撫老灰馬，水鼠則氣呼呼的在馬路跑上跑下。「你這個大壞蛋！」他揮舞雙拳，對揚長而去的汽車大聲咆哮。而蛤蟆坐在滿是塵土的馬路中央，瞪著早已遠去的汽車，嘴裡嘟噥著：「噗！噗！」

「過來幫幫忙吧，蛤蟆？」水鼠搖著蛤蟆的肩膀，但蛤蟆動也不動。

「那才是旅行真正的方式！唯一的方式！噢，噗——噗！」他喃喃自語。

「我們該拿他怎麼辦？」鼴鼠問。

「不怎麼辦！」水鼠堅定的回答，「我太了解他了。他又迷上新東西了，接下來好幾天，他都會是這個樣子。我們走吧，看能不能把篷車弄好。」

仔細檢查一番之後，他們知道篷車嚴重受損，沒辦法繼續上路。所以，水鼠牽著馬，打算要走。

「可是蛤蟆怎麼辦呢？」鼴鼠問，「我們不能把他丟在這裡，讓他獨自坐在馬路中央啊。這不安全。」

「噢，別理蛤蟆了。我受夠他了！」

但是他們還沒走遠，就聽見背後有啪啪的腳步聲，是蛤蟆追上他們了。

「欸，蛤蟆，聽好了，」水鼠很嚴厲的對他說，「我們一到鎮上，你就馬上去警察局報案……」

「警察局！報案！」蛤蟆像作夢似的嘟噥說，「要我去告這麼美的東西……」

「看見沒？」水鼠對鼴鼠說，「他簡直無可救藥。我放棄了。待會兒到了鎮上，我們就到火車站，看能不能找班火車，今晚就回河岸去。我再也不

要和這隻討厭的動物一起旅行了！」最終，他們搭上一班慢車，在蛤蟆莊園

附近下車，把蛤蟆送回家，吩咐管家餵他吃東西，讓他上床睡覺。然後他們

倆回到船上，沿河而下。等回到溫暖的家裡坐下來吃晚餐時，時間已經很晚

了。

　　隔天傍晚，鼴鼠坐在岸邊釣魚，水鼠跑來找他。「聽到大消息沒？」他

說，「蛤蟆剛買了一輛很貴、很貴的大汽車。」

3

野森林

好久以前，鼴鼠就想要去見見獾了，但一直拖到夏天結束，秋霜讓他

們出不了門，他才真正開始想起獾來，想起獾獨自住在野森林中央的洞裡。

冬天，水鼠整天睡覺，但常有別的動物上門拜訪，聊聊夏天的趣事。雖

然冬天白天比較短，他們也有很多話題可以跟鼴鼠聊，但鼴鼠還是有很多空

閒的時間。所以有天下午，趁著水鼠坐在壁爐前面的

搖椅打瞌睡，他就決定要自己去野森林找獾。

這天下午很冷，天空是深灰色的。鼴鼠悄

悄溜出門，踏進彷彿靜止的空氣裡。田野光

禿禿的，雄勁而單調。他往前朝向野森林

出發。

剛抵達野森林的時候，他什麼也不擔

心。小樹枝踩在腳底下嘎吱嘎吱響，倒下的

樹幹絆倒他，樹樁上冒出的菌菇，看起來很像一張張的臉。

　　但這一切都很有趣、很刺激。他愈往樹林裡走，光線愈暗，樹木挨得愈來愈近。洞穴像是醜惡的嘴巴，對著他張得大大的。

　　周圍變得好安靜。黃昏很快就來了，光線像洪水一樣，迅速消退。他覺得好像看見有張臉，從洞裡看著他。他加快腳步，心裡有點害怕，但告訴自己，別胡思亂想。

　　突然之間，隆起的一堆堆土丘裡有成百上千的洞，每個洞裡都有張眼神冷酷、表情嚴厲的臉。他快步離開步道，進到樹林最茂密雜亂的區域。

　　這時，有口哨聲響起，是在他背後很遠的地方，但他還是趕緊加快速度

往前走。不到一會兒，哨聲變成在他前方，因此他停下腳步，想往回走。然而突然間，那聲音在他四面八方響起。他孤伶伶的，沒有人可以伸出援手，而且黑夜就快降臨了。

接著，開始有啪噠啪噠的聲響。他起初以為是落葉，但那聲音愈來愈大，他才發現是動物小腳匆匆跑動的聲音。他停下腳步，豎起耳朵聽，一隻兔子從樹叢裡衝出來，跑向他。

「快跑啊，你這個笨蛋，快跑！」兔子一面嚷嚷著，一面躲進附近的一個洞裡。腳步聲愈來愈多，最後整座森林彷彿都跑了起來。鼴鼠心一慌，也開始跑。

最後，他停在一顆老樹又深又黑的樹洞裡。他好累，再也跑不動了，只能想辦法鑽進乾枯的落葉底下，希望暫時能夠安全。躲在這裡喘氣顫抖，緊張得豎起耳朵聽動靜，他終於知道，為什麼大家都很怕這座野森林了。

在家裡，壁爐裡的一塊炭滑落下來，爐火發出霹啪一聲，冒出一陣火花，把水鼠給驚醒了。他在屋裡找鼴鼠，但沒找著，打開大門，看見一排腳印通向野森林。

他愣在那裡想了一兩分鐘，然後回到屋裡，拿出兩把手槍，迅速向野森林出發。

抵達森林的時候，已經是黃昏了，他馬上衝進森林裡找他的朋友。到處都有髒兮兮的小臉從洞裡冒出來，但一看見水鼠手上的槍，就馬上又縮了回去。哨音和腳步聲剎那間全都靜止了，因為水鼠高聲喊：「小鼴！你在哪兒？是我，我是水鼠啊！」

過了大約一個鐘頭，他聽到有個小小的聲音喊他。他順著聲音的方向走去，來到一棵老樹前面。樹幹有個大洞，裡頭傳來微弱的聲音說：「水鼠！真的是你嗎？」

水鼠走進樹洞，看見筋疲力盡、渾身發抖的鼴鼠。

「噢，水鼠！」鼴鼠大喊，「我快嚇死了！」

「快，」水鼠說，「我們要趁著天還沒全黑，趕快回家去。我們不能在這裡過夜。別的不說，這裡也太冷了。」

「水鼠，」可憐的鼴鼠說，「對不起，可是我太累了。你得先讓我恢復體力，才有辦法回家。」水鼠也同意，所以鼴鼠就在乾枯的落葉裡睡著了。水鼠手裡握著槍，耐心的躺在旁邊等他。

鼴鼠終於醒來時，厚厚的雪花已蓋滿樹林。他們鼓起勇氣啟程，但只走了一兩個鐘頭，就不得不停下來。

他們走得好累，而且雪愈積愈深，他們短短的腿很難踩過去，看來好像

沒有辦法再繼續了。

他們決定找地方棲身，所以又
開始往前走，但鼴鼠突然絆了一
跤，臉撞上地面，慘叫一聲。

「可憐的鼴鼠！」水鼠體貼
的說，「你今天運氣真的不太好，
對吧？我看看喔，這裡有個傷口，看
起來是被鐵片給割傷了。」

水鼠幫鼴鼠包紮好傷口之後，就開始刨著雪地。

「你找到什麼啦，水鼠？」鼴鼠問，水鼠則指著一把長靴鞋刷給他看。

又刨了一會兒，出現了一張破舊的門墊。再費力挖了十分鐘，一道漆成
墨綠色、看來很結實的門出現在他們眼前。門邊掛著鐵鈴，下方是個銅牌，
寫著：　　獾寓　　。

「水鼠！」鼴鼠叫了起來，「你太聰明了！」

「別再說話了，你快拉門鈴！」水鼠說，「我來敲門！」

水鼠拿起手杖敲門，鼴鼠用力拉下門鈴，鈴鐺重得讓他雙腳都離了地。
但遠遠的，他們聽到鈴聲在屋裡深處響起。

4

獾先生

他們等了好久，終於聽到腳步聲。門打開一條縫，只看見一隻長鼻子和一雙惺忪睡眼，眨個不停。

「這個時間還有誰來啊？」一個很不高興的聲音說著。

「噢，老獾，」水鼠大聲說，「請讓我們進去。是我啊，水鼠，還有我的朋友鼴鼠。我們在雪地裡迷路了。」

「水鼠，親愛的朋友，」獾的聲音馬上變得不一樣了，「快進來，你們兩個！你們一定凍壞了！」

兩隻小動物衝進屋裡。獾鎖好門，帶他們穿過一條長長的通道，進到溫暖的大廚房。

這兩位小朋友在火爐前取暖，等獾為他們準備一頓美味的大餐。經過漫長的歷險，他們肚子餓壞了，獾只能等他們吃完再聽他們講。

吃完晚餐，他們一起坐在火爐前面，獾問起蛤蟆。

「他上個星期又撞車了。」水鼠說，「他開車技術真的很爛。」

「他已經住院三次，」鼴鼠說，「而且還繳了很多罰款。」

「他這樣下去，遲早會破產，」水鼠繼續說，「再不然就會死翹翹。身為他的朋友，我覺得我們應該採取行動。」

三個朋友都同意，一等冬天結束，他們就得要去找蛤蟆談談，讓他知道自己有多傻。一等冬天結束就去！他們三個都沒說什麼，但心裡暗暗同意，在最冷的季節，什麼英勇的事都不該去做。

隔天早上，水鼠和鼴鼠下樓吃早餐，看見餐桌上坐了兩隻小刺蝟正在吃麥片粥。

「我們要去上學，」比較大的那隻刺蝟說，「卻迷了路。還好找到獾先生家的後門。」

「獾先生呢？」水鼠問。小刺蝟說，「獾先生打盹去了。」

大門的門鈴突然響起來，大聲得不得了。一隻小刺蝟去開門，帶著水獺進來。

「今天早上河岸的朋友都好擔心你們兩個。」水獺說，「但是大家一有困難，就會來找獾先生，所以我知道你們一定在這裡！」

一起吃完早餐之後，小刺蝟回家去，老獾打著哈欠走進廚房。

「快到午餐時間了，」他對水獺說，「留下來和我們一起吃飯吧。早上這麼冷，你一定也餓了。」

「噢，沒錯。」水獺回答說，對鼴鼠眨眨眼。

坐下來吃午餐的時候，鼴鼠告訴獾，說他好喜歡獾的房子，他們倆都覺得位在地下的房子最好。

「等吃完午餐，」獾說，「我就帶你逛逛。我知道你一定會喜歡的。」

於是，午餐過後，獾點亮一盞油燈，帶大家穿過一條主要的通道。鼴鼠看見大大小小，好多個房間。這房子竟然這麼大，讓他嘖嘖稱奇。

「你怎麼有時間和力氣蓋這麼大的房子？」他問。

「噢，這房子不是我蓋的。」獾說，「很久很久以前，現在野森林所在的位置，是人類居住的城市。」

「那他們後來怎麼了？」鼴鼠說。

「天曉得？」獾說，「人類來了又走，只有獾留下來。遠在城市還沒出現之前，獾就住在這裡了。到現在這裡也還是有獾。」

「人類離開之後，又發生什麼事了呢？」鼴鼠問。

「後來時間一年一年過去，風吹雨打，房子倒了，樹木長出來了，刺莓和蕨類也趁機溜進來，長滿一大片。樹葉落在地上，水流帶來泥沙土壤覆蓋地面。於是，我們的家再度迎接我們，我們也就回來了。現在野森林裡住滿動物，有些很善良，有些很惡劣，但我想你們對野森林裡的動物已經有點了解了。」

「是啊，我是了解了。」鼴鼠打個哆嗦說。

「別害怕，」獾說，「他們其實也沒那麼壞。我們都要活下去，也要讓大家活下去。我明天就會把話傳下去，你們不會再有麻煩。只要是我的朋友，在這片土地上，想到哪裡就到哪裡，不會有問題的。」

回到廚房之後，水鼠有點坐立難安，他不喜歡地下的空氣，急著想要回到河邊。

「走吧，鼴鼠，」他說，「我們應該趁著天色還亮的時候回家。」

「好，」水獺說，「我和你們一道走，我認得路。」

「別擔心，水鼠。」獾說，「我的地道四通八達，通往森林的各個邊緣，你們隨便挑一條都可以走出森林。」

獾拿起油燈，帶著他們走進一條地道。這條地道好長，彷彿綿延好幾公里。最後他們終於看見外面的光線了。獾匆匆和他們說再見，把他們推向出口，用樹枝和枯葉把開口蓋好，然後就不見了。

他們站在野森林邊上，眼前一片開闊的原野。水獺領頭，鼴鼠快步跟在他背後，希望再過一會兒就能到家。植物蔓生、動物嗜血的野森林不適合他。這片田野的灌木叢、巷弄與花園，就夠他探索一輩子了。這是他的家。

家，甜蜜的家

水鼠和鼴鼠外出找水獺聊天談笑，度過愉快的一天，快步衝回家的時候，冬季短暫的白晝已經快結束了。

「我們好像走進村子裡了。」鼴鼠說。

「噢，別擔心！」水鼠說，「冬季裡啊，人類和他們的寵物，在這個時候都待在屋裡。我們從窗戶外面看看他們？」

每一幢小屋都亮著火光，屋裡的人看起來很輕鬆，很開心。還有好長一段路要走的水鼠和鼴鼠，看見有人撫摸著貓，還有人抱起睡著的寶寶上床，心裡覺得有點不好受。一陣冷風吹來，他們的腳趾突然冷了起來，而腿也走痠了，但感覺家還在很遠很遠的地方。

水鼠帶頭走出村子。他眼睛盯著馬路，所以沒發現他朋友突然停下腳步。鼴鼠聞到暗處飄來的一股氣味，渾身震顫起來。那是非常熟悉的味道。家的味道。

打從那個陽光燦爛的早晨離開家門之後，鼴鼠就很少再想起他的老家。

他的新生活過得太開心了，幾乎已經忘了老家的存在。但那個家想念他，希望他回去。

「請等等，水鼠！」他喊著。

「噢，別鬧了，鼴鼠！」水鼠回答說。

「你不懂！那是我的老家！我聞得到，就在附近！我一定要去。噢，拜託，回來啊，水鼠。」鼴鼠求他。

「鼴鼠，我們現在不能停下來，很可能就要下雪了。」他轉頭對鼴鼠大聲喊，然後就繼續往前走。可憐的鼴鼠獨自站在馬路上，開始哭。他跟在水

鼠後面走，心情好沉重。

最後，水鼠終於停下來，親切的說：「鼴鼠，你好像很累，都不講話。我們在這裡坐一會兒，休息一下吧。還好沒下雪，而且我們就快到家了。」鼴鼠坐下來，想忍住不哭，但他實在太傷心了，怎麼也忍不住。他整顆心都碎了。水鼠很貼心的問他：「怎麼回事，鼴鼠？出什麼事了？請告訴我，讓我幫你吧。」

「我知道那只是個簡陋的小地方，」鼴鼠哭哭啼啼的說，「不像——你那舒服的家或蛤蟆的豪宅——或獾的大房子——但那是我自己的地方——我很喜歡那裡——可是我離開，完全忘了它的存在——然後我突然聞到那個地方的味道——就在路上——所有的回憶都回來了——我想要去找我的那個家！可是你不肯回頭，水鼠，我只好跟著你走——我覺得我的心都碎了！」

他又開始哭。

水鼠輕拍鼴鼠的肩膀，說：「那好，那我們一起去！」他轉身往回走。

「你要去哪裡啊，水鼠？」鼴鼠哭著說，警覺的抬起頭。

「去找你家啊。」水鼠說，「來，快點走吧，我們得靠你的鼻子才找得到。」

「水鼠，不行！」鼴鼠大聲說，「時間太晚，天也太黑了，那個地方好遠，而且就快要下雪了。」

「我要找到你家，」水鼠說，「開心一點，拉著我的手，我們很快就能回家了。」

走了一會兒，鼴鼠又聞到那個味道了。水鼠緊跟在他背後，鼴鼠突然不發一語的鑽進地下。水鼠很警覺的跟著鼴鼠鑽進通往他家的地道。

鼴鼠走到地道盡頭，劃亮一根火柴，水鼠看見面前有道小門。一走進屋裡，鼴鼠就點亮油燈，四下張望他的老家。所有的東西都蒙上厚厚一層灰。「噢，水鼠！」他嚷嚷著，「我幹嘛帶你來這裡啊！」

「我很喜歡！」水鼠說，「快點，鼴鼠，我來生火，你掃地。」

才剛把這些工作做完，他們就聽見外面傳來聲音。

「一定是田鼠。」鼴鼠說，「每年到這個時節，他們都會來報佳音。他

們總是把我家排在最後，因為我會請他們吃晚餐。」

八隻還是十隻小田鼠，在鼴鼠家門口圍成半圓形，門一打開，他們就開始唱歌。鼴鼠和水鼠眼裡湧出快樂的淚水。

田鼠唱完之後，水鼠邀他們進屋。鼴鼠非常擔心，因為家裡的食物並不多。但水鼠派一隻田鼠到店裡買些東西，最後，他們一起享用了一頓美好的晚餐。

田鼠全走了之後，鼴鼠和水鼠坐在壁爐前，聊著這漫長一天所發生的種種事情。最後水鼠爬上床，打個大大的哈欠，鑽進被子裡，很快就睡著了。

鼴鼠也躺在枕頭上，看看他的老房間。他知道這裡有多簡樸，但他多麼愛這個地方啊！他希望和水鼠在地面上的世界過著新生活，但想到自己還有這間小小的老家可回，就覺得很滿足。

6

蛤蟆先生

初夏，一個陽光燦爛的早晨，獾來拜訪水鼠和鼴鼠。

「我們該好好管教一下蛤蟆了，」他說，「今天早上，又有一輛又新又快的汽車送到蛤蟆莊園了。」

「沒錯，」水鼠說，「我們走吧！」於是獾帶頭，大夥啟程去拯救蛤蟆。

一到蛤蟆莊園，他們就看見一輛嶄新的大汽車，鮮紅色的，閃閃發亮。蛤蟆神氣活現的走下大門口的臺階。

「哈囉！」他愉快招呼，「你們來得正是時候，剛好可以和我去……」但他沒把這句話說完，因為他看見這幾位朋友臉上嚴肅的表情。

「你知道這只是遲早的問題，」獾對他說，「我們警告過你，你卻不聽。你不只揮霍無度，而且開起車來像不要命，簡直敗壞了我們動物的名聲。我們該好好談一談了。」獾用力拉起蛤蟆的手臂，帶他進到客廳，關上門。

「這是白費力氣，」水鼠說，「和蛤蟆講道理根本就沒用，他那張嘴巴

厲害得很。」

水鼠和鼴鼠耐心等待。隔著關上的門，他們只聽見獾的聲音忽高忽低，接著聽到蛤蟆大哭。

過了四十五分鐘，客廳門打開，獾走出來，背後跟著垂頭喪氣、看起來很傷心的蛤蟆。

「蛤蟆，我要你把剛才在客廳裡對我說的話，再說一遍。」獾說，「說你很抱歉，做了這些事。」

蛤蟆沉默了好一會兒，鼴鼠看見他眼睛閃現一絲光芒。最後蛤蟆終於開口。

「我不覺得抱歉。」他說，「我又沒做錯什麼！這太好玩了！」

「什麼？」獾大聲說，「你剛才不是這麼說的，你說——」

「我剛才在裡面說什麼都無所謂啦，」蛤蟆打斷獾的話，「但是，我一點都不覺得抱歉。」

「所以你也沒保證不再碰汽車？」獾說。

「沒有！」蛤蟆回答說，「只要看見可以開得飛快的汽車，我馬上就跳上去開走！」

「我就說吧。」水鼠對鼴鼠說。

「好，」獾說，「要是你不聽勸，那我就待在這裡盯著你，直到你戒掉車癮為止。你們兩個，把他帶到樓上，鎖在臥房裡。」

「這是為你好，蛤蟆。」水鼠拖著蛤蟆上樓的時候說。

「在你恢復正常之前，我們會幫忙打理一切的。」鼴鼠說。

「這樣就不會再惹毛警察。」水鼠把蛤蟆推進臥房。

「也不會再住院了。」鼴鼠說，鎖上房門。

夜裡，他們三個輪流睡在蛤蟆的房間裡，白天也輪班看守。

一開始，蛤蟆玩牌打發時間，但過一段時間，他又不玩了，他的心情很不好。

有天早上，水鼠上樓，在蛤蟆房間門口和獾交接。

「蛤蟆還躺在床上。」獾對他說，「他不太講話，所以要特別小心。蛤蟆不開口的時候，心裡八成在打什麼歪主意。」

水鼠打開門問：「你今天還好嗎，老傢伙？」

「親愛的水鼠，」蛤蟆輕聲說，「你可以去幫我找醫生來嗎？」

「你怎麼了？」水鼠問，走近蛤蟆，看見他平躺在床上，一動也不動，聲音非常虛弱。水鼠快步衝出房間，但還是記得要先把門鎖好。鼴鼠和獾已經離開蛤蟆家，回去休息了，所以他沒有可以商量的對象。「就算醫生來了說沒問題，至少也可以讓他放心。我快去快回，花不了多少時間的。」水鼠自言自語，往村子裡跑去。

蛤蟆一聽到水鼠鎖門的聲音，就跳下床，站在窗前看著水鼠跑去找醫生。他換好衣服，在口袋裡裝滿現金，用床單綁成一條繩子，爬出臥房窗戶。腳一踏到地，他就朝著和水鼠相反的方向跑。

獾和鼴鼠回來的時候，水鼠很傷心的告訴他們發生了什麼事。獾說他們應該繼續睡在蛤蟆家，因為蛤蟆很可能會被用擔架抬進來，或被兩個警察架回來。

而這個時候，蛤蟆正開心的沿著大馬路走，離家愈來愈遠。

「我太聰明了！」他咯咯笑，自言自語，「可

憐的水鼠！等老獾回來，他就慘了！」

不久，蛤蟆走到一個小鎮，看見一間小餐館。他想起自己還沒吃午餐，就走進小餐館，點了午餐。才吃到一半，就聽到他最愛的聲音。過一會兒，一輛汽車開進餐館前院，停了下來。開車的那人和朋友走進餐館，蛤蟆連忙買單，跑去外面看那輛車。

「我真的很想知道，」他自言自語，「這車是不是很容易發動？」

下一秒鐘，他就已經坐在駕駛座上，發動引擎了。他像作夢似的，把汽車轉出院子，開上馬路。才一眨眼功夫，他就已經置身開闊的鄉野。他自由了！

最後他被逮捕了。蛤蟆因為偷車，以及不服從警察被拘捕，判入獄二十年。他被帶進冰冷灰暗的監獄，關在最陰暗的地牢裡。生鏽的鑰匙在鎖孔裡喀啦響，大門砰一聲在他背後關上。蛤蟆就這樣成為英格蘭戒備最森嚴的牢獄裡，最無助的囚犯。

黎明的笛聲

已經晚上十點多了，但天空還有亮光，白天的熱氣也才剛開始慢慢散去。鼴鼠躺在河岸上，大口喘氣，因為這晴朗無雲的炎熱天氣讓他有點難受。他在等他的朋友從水獺家回來。

鼴鼠聽到水鼠踩在焦枯草地上輕巧的腳步聲。水鼠在他身邊坐下，望著河流，一句話也不說，若有所思。

「水獺一家人都很難過，」水鼠說，「他們想瞞著我，但我知道小波利又不見了。」

「可是小波利本來就常常到處亂跑，找不到路回家，」鼴鼠不在意的說，「他不會有事的！」

「是這樣沒錯，可是這次很嚴重。」水鼠說，「小波利已經失蹤好幾天了。水獺夫婦什麼地方都找過了，就是找不到他。他們也問遍方圓幾公里內的動物，

沒有人知道小波利的下落。水獺不太容易緊張的，但連他都開始緊張了。我離開他家的時候，他送我出來，他說他打算待在河邊等小波利。他每天晚上都在河邊守候，以防萬一！」

他倆沉默了一晌，心裡想的都是同一件事——傷心的水獺孤伶伶在河邊守候，度過漫漫長夜。

「唉，」水鼠說，「我想我該去睡了。」但他並沒有站起來。

「水鼠，」鼴鼠說，「我不能就這樣去睡覺，什麼事都不做。我們划船出去吧，往上游去。月亮出來了，我們就可以幫忙找他。這總比什麼事都不做，就去睡覺好吧。」

「我同意，」水鼠說，「反正今晚也睡不著，而且很快就會天亮，我們划船出去，一路上也可以向早起的鳥兒打聽點消息。」

於是他們划船出去。漆黑的夜裡有著各式各樣的聲音。水鼠和鼴鼠聽到各種鳴唱和聊天的聲音，還有來來去去的沙沙聲，是要到天亮才會上床睡覺的夜行動物。夜裡的水聲感覺起來也變得更大聲了，彷彿有人呼喚著他們。

月亮終於升起，他們開始看見草地、寂靜的花園，河面也變得更清楚了。他們把船綁在一棵柳樹上，搜尋這一側河岸安靜無聲的銀色王國。然後，他們搭船越過河面，搜尋另一側的河岸。月亮高掛在晴朗無雲的天空上，照亮大地，帶給他們很大的助力，直到後來月亮又再度西沉，落下地平線。

這時，慢慢的，眼前的景物又開始有了變化。地平線變得更加清晰，田野和樹木揭去神祕的面紗。微風輕輕吹起，蘆葦沙沙搖晃。水鼠突然坐起來，凝神傾聽。一面划船一面張望河岸的鼴鼠，很好奇的看著他。

「你有沒有聽到一個很美妙的聲音？以前沒聽過的。」水鼠問，「快划，鼴鼠，繼續划！那音樂在呼喚我們！」

鼴鼠加緊划槳，豎起耳朵。「我沒聽到什麼音樂啊，」鼴鼠説，「只有風吹過蘆葦的聲音。」

水鼠沒回答，他已經沉醉在甜美的樂音裡。鼴鼠默默往前划，不久就划到河流分岔的地方。水鼠和鼴鼠把船划向河面比較窄小的支流。

鼴鼠突然不再划槳，因為他也聽到那美妙的樂音了。隨著光線逐漸變強，通常在破曉時分鳴唱的鳥兒也寂靜無聲。周遭什麼聲音都沒有，只有那美妙的樂音。

在小河中央，有個小小的島，周圍長著一圈柳樹。他倆慢慢破水前行，划向小島。他們穿過樹叢，最後抵達一小片翠綠草地，四周長著山楂、野櫻桃和黑刺李樹。

樂音是從草地中央傳來的。吹奏音樂的，是個頭上長角的生物，水鼠和鼴鼠以前都沒見過像這樣的動物。他溫和的眼睛看著這對朋友，嘴巴咧成一個微笑，把排笛從唇邊拿了下來。他腿上有隻小水獺，睡得好熟好熟。他透過笛音甜美的力量，引領水鼠和鼴鼠來到這裡，找到了他們朋友的孩子。

　　日出的第一道光線劃過草地而來，照亮了這幾隻動物。突然之間，周圍鳥鳴四起，這神祕的生物剎時失去蹤影，讓水鼠和鼴鼠不禁懷疑，他們是不是真的見過他。但可以確定的是，他們找到小水獺了。水鼠開心尖叫，跑向熟睡的小波利。

　　小波利醒來，看見父親的朋友，開心的吱吱叫，扭著身體。因為他們以前常陪他玩。

　　水鼠和鼴鼠讓小波利安穩的坐在船上，順著水流，划船而下。這時太陽已高高升起，鳥鳴聲更加響亮，花兒在岸上對他們點頭微笑。

　　再次回到主流的時候，鼴鼠把船划向水獺守候著兒子歸來的地方。就快到時，鼴鼠把船轉向岸邊，水鼠抱起小波利，放到小徑上，為他指出正確的方向。然後鼴鼠又把船推離岸邊。

　　他們看著小水獺開心的啪噠啪噠走在小徑上，突然豎起小鼻子，開始跑了起來，興奮的嘤嘤叫。

　　就在河流上游不遠處，他們看見水獺坐在那裡，身體緊張僵直，因為他已經在這裡待了一整夜。他們聽見他發出不可思議的快樂叫喊，跑向小徑。鼴鼠把船槳用力一划，讓小船轉了方向，任由河流帶著他們漂游。他們的搜尋任務已經圓滿達成了。

8

蛤蟆歷險

蛤蟆發現自己被關進地牢之後，撲倒在地板上，大聲叫喊：「我真是大白癡！噢，老獾這麼有智慧！噢，水鼠這麼聰明，鼴鼠這麼明事理！噢，我是傷心的蛤蟆，被大家遺忘的蛤蟆！」他每日每夜都這樣，一連好幾個星期，不肯吃任何東西。

典獄長有個女兒，非常喜歡動物。她替蛤蟆覺得難過，有一天對父親說：「這可憐的動物這麼傷心，又這麼瘦，我真的很不忍心！讓我來照顧他吧。」

她父親同意了。他早就被蛤蟆搞得很煩，也很討厭蛤蟆整天唉聲歎氣。所以這女孩就到地牢，敲敲蛤蟆的牢門。

「開心一點吧，蛤蟆。」她走進牢房說，「起來，擦

乾眼淚，別再鬧了。吃點晚餐吧。看，我給你帶來我自己做的菜，才剛從烤箱出爐，還熱騰騰的呢。」

　　蛤蟆狹小的牢房彌漫美味的香氣。躺在地上的蛤蟆聞到這香味，想了想，覺得人生或許還值得過下去。但他還是唉唉叫，拳打腳踢，怎麼也安撫不了。所以這聰明的女孩就離開牢房了，但是當然，牢房裡的菜餚香味並沒有消失。這讓蛤蟆想起他以前的美好生活，想起他的朋友，想起自己本來有多麼聰明伶俐。他開始覺得好過一些了。

　　女孩再來的時候，給蛤蟆送來一杯茶和一盤塗了奶油的熱吐司。蛤蟆坐起來，擦乾眼淚，小口喝著茶，咬著吐司，沒多久，就開始和女孩聊天。

　　從此以後，他們常常開心聊天。典獄長的女兒愈來愈同情蛤蟆。有天早上，她說：「監獄裡的衣服、床單都是我姑姑負責洗的。你說你很有錢，而我姑姑很窮。要是你給她錢，她也許會讓你穿上她的衣服，假扮成她，逃出監獄。」

　　「蛤蟆莊園的蛤蟆先生才不會打扮成洗衣婦呢！」蛤蟆回答說。

　　「那你就繼續當你的蛤蟆，永遠關在這裡吧。」女孩說。

　　「你是個聰明善良的好女孩，」蛤蟆反悔了，「而我是驕傲愚蠢的蛤蟆。請行行好，介紹我認識你姑姑，我們一起來想個計畫。」

隔天傍晚，女孩帶她姑姑到蛤蟆的牢房。蛤蟆給了現金，拿到一件棉布洋裝、一條圍裙、一條披肩，和一頂帽子。女孩幫蛤蟆穿上這些衣服。

「你看起來和姑姑一模一樣。」她咯咯笑，「好啦，再見，蛤蟆，祝你好運。」

蛤蟆假扮成女人，穿過監獄，心跳得好快。光是走過中庭，就好像過了幾個鐘頭那麼漫長。最後，終於聽到大門在他背後關上的聲音，感覺到監獄外的清新空氣撲面而來，他知道他自由了！

他加快腳步，朝著鎮上的燈光走去，卻不知道接下來該怎麼辦。他只知道在被逮到之前，應該盡量離監獄愈遠愈好。

這時，他聽見噗噗的引擎聲。「啊哈！」他想，「我運氣真好！我最需要的火車站就在眼前，我不必穿過整個小鎮去搭車。」

但蛤蟆走到車站才想起來，他把錢和鑰匙都留在牢房裡了。他在月臺上走來走去，忍不住掉下眼淚。在月臺盡頭，他碰見了火車司機。

　　「哈囉，」司機說，「怎麼回事？」

　　「噢，先生，」蛤蟆說，「我是個可憐的洗衣婦，我把身上的錢全搞丟了，今天晚上沒辦法回家。」

　　「哎呀，」司機說，「你回家之後要是可以幫我洗幾件襯衫，寄回來給我，那我就讓你搭便車回家。」

　　蛤蟆爬上駕駛艙，火車慢慢開出車站。開了好長一段距離之後，司機突然探頭到窗外，豎起耳朵仔細聽，接著又爬到車頂上，看著火車後面。

　　「太奇怪了！」他說，「後面有一列火車跟著我們！而且火車頭有好幾個警察，一直大叫：『停車！停車！停車！』」

蛤蟆跪下來，哭著說：「救救我，我剛從監獄逃出來。」

　　「你為什麼被關進監獄裡？」司機問。

　　「不是什麼大不了的事。」蛤蟆紅著臉說，「我只不過趁某人吃午餐的時候借用了他的車。他們那時候又不用車。我並沒有要偷車的意思。」

　　「你真是調皮啊！」司機說，「我應該要把你交給警察的。可是你這麼傷心，我心腸又軟，只要看見動物掉眼淚，就很不忍心。好吧，我來幫你。前面有個隧道。火車一穿過隧道，我就馬上煞車。等車一停穩，你就跳車，趁他們還沒穿過隧道看見你之前，躲進樹林裡。然後我繼續全速往前開，讓他們來追我，愛追多遠就追多遠。準備好，我說跳，你就跳！」

　　蛤蟆跳下火車，跑進樹林裡躲起來。兩列火車繼續往前開，蛤蟆哈哈大笑。這是他被關起來之後，第一次大笑。

　　但是他沒笑多久。時間很晚了，天色也暗了，而且這樹林感覺非常奇怪。最後，他躲進一棵中空的樹幹裡，盡量把周圍弄得舒服一點，一覺睡到天亮。

9

流浪的渴望

水鼠焦躁不安。綠草已經變成金黃色，空氣裡彌漫著變化與離別的氣息。看著天空中的鳥群飛往溫暖的地方，實在很難靜下心來。水鼠離開河邊，在鄉間漫遊。

水鼠在這裡有很多朋友，他們總是很開心的和來訪的客人談天說地。不過，今天田鼠和巢鼠都很忙。他們忙著挖地道、貯存食糧、打包搬動家裡的東西。

「你們在幹嘛？」水鼠喊著，「還不到要為冬天準備的時候吧！」

「我們知道啊，」田鼠解釋說，「我們只是開始著手而已。」

「噢，別這樣嘛。」水鼠說，「今天天氣很好，我們可以去划船、散步、野餐或做點什麼。」

「謝謝你，但是今天不行。」田鼠回答說，「也許改天吧——等我們有空一點的時候。」

水鼠又回到河邊，覺得有點難過。

「急什麼呢？」他對一小群麻雀說。

「噢，我們還沒要離開，」第一隻麻雀回答說，「我們只是在計畫今年的路線，以及要在哪裡停之類的。這就是旅行的樂趣。」

「想到要離開這麼美麗的地方，難道你們覺得很有趣嗎？你們不會想念朋友、想念這麼舒服的家嗎？」水鼠問。

「我們也不想離開啊，」第二隻麻雀說，「可是我們開始覺得有點不安，也慢慢想起去年冬天待的地方，所以我們就開始討論起來了。」

「你們今年可以留在這裡嗎？」水鼠建議，「我會盡力讓你們覺得舒服。」

「我有一年試著留下來，」第三隻麻雀說，「可是黑夜好漫長，而且天氣又好冷。所以，在一個颳風下雪的夜晚，我就離開了。我永遠忘不了熱烘

烘的太陽再次照在我背上的感覺，以及第一口嘗到肥美蟲子的滋味！我絕對不會再留下來過冬。」

「那你們為什麼又要回來？」水鼠問。

「過一段時間，我們就又想念這裡，想回到這片豐美的河岸草地。」第一隻麻雀說，「濕潤的果園、滿是昆蟲的溫暖水塘、吃草的牛群、金色的稻草和農舍，都在呼喚我們回來。」

麻雀又開始嘰嘰喳喳討論，於是水鼠決定離開。

他爬上小河北岸的斜坡，躺在那裡看著南方的山丘。他很想知道在山的那一邊，是不是有著陽光普照的大海與海灘。

後來，他走回河邊的時候，聽到腳步聲，看見一個滿身塵土的疲憊旅人走近。

「你從哪裡來的啊？」水鼠問。

「我是在海上航行的海鼠，四海為家！」旅人回答說。

「我想你應該好幾個月見不到陸地吧？」水鼠說。

「才不，」海鼠回答說，「我喜歡港口！港

口的氣味、夜裡的燈光，太美了！」

「說說你的旅行給我聽，」水鼠哀傷的說，「我覺得自己的生活好乏味。」

「我上一趟旅行，」海鼠說，「搭的是從康士坦丁堡啟航的小船。白天陽光燦爛，夜裡溫暖宜人。太陽下山後，夜空像天鵝絨似的，我們就在星光下吃飯唱歌！我們航向亞德里亞海，抵達威尼斯，那裡四處樂音飄揚，天空滿是星星。然後我們沿著義大利海岸往南，到薩丁尼亞和科西嘉。從藍色的地中海，我一路步行又搭船到馬賽，去見老朋友，他們好好款待了我。」

「這倒提醒我了，」水鼠說，「你應該餓了，請到我家來吃午餐吧。」

「你真是好心，」海鼠說，「我是餓了。你可以把午餐帶到這裡來嗎？我比較喜歡待在戶外。而且，吃飯的時候，我也可以多說些故事給你聽。」

水鼠匆匆回家，帶著簡單的餐餚來。海鼠吃了一點，就繼續講他的上一趟旅行。等午餐吃完時，水鼠已經完全被迷住了。海鼠的故事牢牢抓住了他的身、他的心。

「現在，」海鼠輕聲說，「我要再一次上路了，你可以和我一起走。日子一天天過去，永不復返。所以，傾聽你內心的呼喚，出門探險吧。快跟我走，不要浪費時間了！」

水鼠收拾好野餐籃回家，在背包裡裝了幾件生活必需品。接著就揹起背包，走出屋子。他在門口碰見鼴鼠。

「你要去哪裡啊，水鼠？」鼴鼠抓住他的手臂，驚訝的問。

「我要和其他動物一起去南方。」水鼠看著遠方，喃喃說，「先去海邊，然後搭船，到呼喚著我的海岸去！」

鼴鼠站在他前面，看著水鼠的眼睛，發現那不是他朋友的眼睛，呆滯不動的眼神，分明是陷入恍神的狀態！他把水鼠拉回屋裡，牢牢壓在地上不放。

水鼠掙扎了一會兒，漸漸沒了力氣，閉上眼睛，躺在地上發抖。鼴鼠扶他起來，讓他坐在椅子上，看著他坐在那裡哭。鼴鼠鎖上門，靜靜坐在朋友

身邊。水鼠很快就睡著了。

水鼠醒來的時候，天已經黑了。鼴鼠馬上看看他的眼睛，發現那雙眼睛又變成澄亮的深褐色。可憐的水鼠想盡辦法解釋事情的來龍去脈，說他為什麼會一心想到南方去，但怎麼也說不清楚。鼴鼠知道水鼠已經恢復理智，但似乎也對日常生活與季節的變化失去了興趣。

所以鼴鼠聊起收成，提起大大的月亮高掛在光禿禿的田野上。他談起紅色的蘋果、棕色的核果，以及熬製果醬的事。他要水鼠回想冬季生活的喜悅，和舒適的居家生活。水鼠慢慢坐起來，開口講話。

「你好久沒寫詩了，」鼴鼠說著，遞給水鼠一枝鉛筆和幾張紙。「寫些東西吧，或許會覺得好過一些。」

水鼠推開紙。但後來鼴鼠回來探望時，看見他咬著鉛筆頭。雖然他咬掉的鉛筆比寫在紙上的多，但鼴鼠知道，水鼠開始逐漸康復了。

10
蛤蟆再闖禍

蛤蟆一大早就在明亮的陽光裡醒來。他揉揉眼睛，揉揉冰冷的腳趾，突然想起自己已經自由了！他精神馬上振奮起來，闊步走進早晨的陽光裡。

這條馬路空蕩蕩的，蛤蟆沒走多遠就到了運河邊。有匹馬腳步沉重的繞過河彎，因為他拖著一艘船屋，船上坐了一個身材高大的婦人。

「早安！」婦人說。

「早安！我迷路了！你能幫幫我嗎？」蛤蟆喊著說。

「你要去哪裡呢？」船上的婦人問。

「我要去蛤蟆莊園附近。蛤蟆莊園

是棟很漂亮的房子，你聽過那個地方嗎？」

「蛤蟆莊園？我也正要往那個方向去。」她回答說，「我載你一程吧。」

蛤蟆千謝萬謝，跳上船。

「你是洗衣服的？」那婦人客氣的問。

「是啊，」蛤蟆自豪的說，「我生意很好。你知道的，我手藝很好喔。」

「你所有的工作都自己來？不會吧？」那女人肅然起敬。

「噢，我喜歡自己動手。」蛤蟆說，「雙手泡在洗衣桶裡的快樂，是任何事情都比不上的！」

「遇見你真是太幸運了！」那女人說。

「哎，你這樣說是什麼意思？」蛤蟆有點緊張了。

「是這樣的，」她回答說，「我沒時間洗衣服，因為我那懶惰的丈夫把所有的事情都丟給我一個人做。我們家牆角堆了滿滿一堆衣服，要是你能替我洗衣服，就幫了我一個大忙。」

這時蛤蟆想要脫身，卻發現船已經離河岸太遠，沒辦法跳上岸了。所以他只好從船艙裡抱出髒衣服，抓起水桶和肥皂，開始洗。但不管怎麼努力，衣服就是洗不乾淨。

背後傳來一陣哈哈大笑，惹得他轉頭看。那個高大的女人笑得眼淚都掉

下來了。

「我一直在看你洗衣服，」她笑得喘不過氣來，「你這輩子根本沒洗過衣服吧！」

「你這個可惡的女人！」蛤蟆大吼著，「你竟敢這樣對我講話！我可是蛤蟆莊園的蛤蟆耶！」

那女人伸出長滿斑點的大手，抓起蛤蟆的一條腿，把他丟進運河裡。

蛤蟆噗通一聲掉進水裡，嗆了好幾口水，浮出水面不停吐水。

他游到岸邊，邁開一雙短短的腿，拼命追著船跑，想要報仇。他趕到船身前面，抓住拉船的那匹馬，解開綁在馬身上的繩子，跳上馬背。

他騎著馬奔馳過開闊的田野，回頭望，看見船已擱淺在運河另一頭，動不了了。船上的女人揮手大叫：「回來啊！快回來啊！」

奔馳了好幾公里後，馬兒停下來吃草。蛤蟆看看四周。他們在一片寬闊的公有地上，附近有吉普賽人的篷車隊。旁邊有個男人在煮東西，味道好香，感覺好好吃喔。蛤蟆突然覺得肚子餓了起來。

吉普賽人放下正抽著的煙斗，問他：
「你那匹馬賣不賣？」

他們討價還價許久，吉普賽人給了蛤蟆一些錢，和很多美味的燉菜。蛤蟆這輩子沒吃過這麼好吃的早餐。

蛤蟆吃得飽飽的，順著吉普賽人指點的方向，開開心心上路了。

走著走著，他想起自己這一路的歷險和逃脫，覺得自己實在太厲害了。就在這時，他聽到有輛汽車開過來。

「他們會載我一程！」他說，「說不定還會載我回蛤蟆莊園呢！」

蛤蟆一面想，一面對著車子招手。但車子開到身邊之後，他嚇得臉色慘白。因為這輛車就是他之前在餐館前面偷開走的那輛！開車的人，也正是他那天午餐看見的那個人！蛤蟆馬上倒在地上，開始哭。

汽車停在他旁邊，兩位男士下車來。

「噢，天哪！」其中一位男士說，「我們把她抬上車，送到附近的村子裡去吧。」於是他們輕手輕腳的把蛤蟆抬到車上，繼續往前開。蛤蟆發現對方沒認出他來，就放心了。

「可以讓我開開看嗎？」他問，「看起來好像很簡單，也很好玩！」

這個剛被救起來的洗衣婦竟然這麼大膽，讓兩位男士很佩服，所以他們答應讓她開開看。

「小心一點，洗衣婦！」蛤蟆加速上路時，其中一位男士大聲說。

「你知道我是誰嗎？」蛤蟆也大聲吼回去，「我是愛冒險的蛤蟆！」說著說著，車就撞進灌木林，衝進水塘裡。他飛了起來，摔在柔軟的草地上，不一會兒，那兩名男士從水塘裡爬出來，開始追他。

他一路跑過田野，跑到喘不過氣來，疲累不堪，只好用走的。但一回頭，就看見那名車主和兩個大塊頭的警察朝他追來，所以他趕快跑，不管東西南北，拼命往前衝。

他腳下的地面突然消失，水花四濺！他掉進河裡了。

蛤蟆想辦法抓住長在河邊的蘆葦，忽然看見河岸有個黑黑的大洞，於是攀住洞口，慢慢爬出河面。暗處裡有個什麼東西朝他衝來。有著鬍鬚、小巧的耳朵，以及像絲一樣光滑的毛皮。

是水鼠！

11

回不去的家

「噢，水鼠！」蛤蟆大叫，「我好久沒見到你了！」

「快換掉這身破衣服，」水鼠說，「把身體弄乾淨。我可以把我的衣服借給你。」

蛤蟆正要反駁，但一看見鏡裡自己的尊容，馬上改變主意。等他洗好澡換上衣服，午餐也已經上桌了。

吃飯的時候，蛤蟆把這一路上的歷險經過說給水鼠聽。他愈是講得天花亂墜，水鼠就愈沉默，臉色也愈嚴肅。蛤蟆終於講完之後，水鼠說：「蛤蟆，我不想害你傷心，但是，你難道不知道自己幹了多少蠢事嗎？」

「可是很好玩耶！」蛤蟆說，「我也知道我很蠢，所以我打算回蛤蟆莊園，過清靜

的生活。我的探險生活已經夠了。」

「回蛤蟆莊園？」水鼠大叫，「你在說什麼？你沒在聽我講啊？野森林的居民已經占領蛤蟆莊園了！」水鼠眼睛湧出大顆大顆的淚水。「就在你離開之後不久，」水鼠繼續說，「鼹鼠和獾決定搬進蛤蟆莊園，看管房子，等你回來。一個暴風雨的晚上，天色暗黑，黃鼠狼、貂和鼬鼠集體進攻蛤蟆莊園。」

「這群壞蛋拿棍棒攻擊鼹鼠和獾，把他們拖到外面，丟在漆黑冰冷的雨

夜裡。從那天晚上開始，那幫歹徒就占住蛤蟆莊園了。」

蛤蟆衝出水鼠家，快步走過馬路。到了他家大門，卻看見有隻貂帶著槍，朝他大喊：「你是誰？」

「你竟敢這樣對我講話！」蛤蟆說。貂沒回答，只舉起槍，蛤蟆馬上趴到地上，「砰！」一聲，子彈從他頭頂咻一聲飛過。

蛤蟆爬起來，慌亂的拔腿就跑。他聽到貂哈哈大笑，其他壞蛋也跟著笑。他回到水鼠家，心情非常沉重。

「我不是告訴你了嗎？」水鼠說，「那樣做沒用的，你要等待時機。」

但蛤蟆不想等。所以他爬上水鼠的船，往上划到蛤蟆莊園庭院附近的河邊。

一切看來都很平靜。他往岔出的河口划去，但就在經過橋下的時候⋯⋯砰！一塊大石頭從上面掉下來，砸穿船底。船進水，沉了，蛤蟆也掉進水裡。

「下次我們就會砸爛你的頭，死蛤蟆！」鼬鼠對著他喊。

蛤蟆走路回水鼠家，把剛才發生的事情告訴他。

「唉，我是怎麼跟你說的？」水鼠說，「這下好了，我漂亮的小船也毀了。你這傢伙要是會有朋友，才真的是見鬼了。」

　　剛吃完晚餐，他們聽到敲門聲。獾走了進來，整雙鞋都是泥巴，看起來非常邋遢。才過一會兒，又有敲門聲。這次是鼴鼠，看起來也髒兮兮，好幾天沒梳洗的樣子。

　　「我和老獾日夜監視蛤蟆莊園。」鼴鼠說，「現在裡面住滿野森林來的動物，他們有槍和石頭當武器。」

　　「我們沒辦法攻打那個地方，」獾說，「他們太強了，我們打不過。」

　　「一切都完了。」蛤蟆哭著說。

「我還沒放棄呢，蛤蟆！」獾說，「除了正面攻打之外，還有其他辦法。我要告訴你一個祕密。就在這附近的河岸，有條地道可以直達蛤蟆莊園正中央。明天晚上他們要舉行一場餐會，慶祝黃鼠狼幫主生日，所有的黃鼠狼都會在餐廳裡喝酒作樂。他們不會帶槍，不會帶石頭、棍棒！祕密地道的出口是在廚房，就在餐廳旁邊。等餐會一開始，我們就進攻！時間已經很晚了，各位，我們快上床睡覺吧。」

第二天早上，蛤蟆很晚才醒來。大家都已經吃完早餐了，但鼴鼠不見蹤影，也沒告訴大家他去了哪裡。獾坐在餐桌旁邊看報紙，水鼠滿屋子跑，在地板上堆了四堆東西。

「這一把是水鼠的劍，」他說，「這是鼴鼠的，這是獾的！」

鼴鼠非常興奮的回來了。「我搞定鼬鼠了。」他哈哈大笑，「我穿上蛤蟆的洗衣婦衣服去蛤蟆莊園，說要幫他們洗衣服。他們叫我滾開，我回說他們今天晚上才應該快逃呢。我還說，有一大群獾、水鼠、蛤蟆、鼴鼠已經準備好武器，要來攻打他們。我說完就走，但是過一會兒之後又偷偷溜回去，躲在樹叢裡監視。我看見他們很緊張，到處跑來跑去、交頭接耳，還聽到他們說：『都是黃鼠狼幹的好事！他們在餐廳裡大吃大喝，我們卻要在冷颼颼的黑夜裡守在外面戒備，還要被該死的獾攻擊！』」

獾放下報紙。「鼴鼠，」他說，「幹得好！」

　　午餐之後，獾去睡個午覺，水鼠繼續在那四堆武器上添加配備。鼴鼠帶蛤蟆到外面的空地，要他把他的歷險故事從頭到尾講一遍。他們兩個都很喜歡這個故事，雖然大半都不是百分之百的事實！

12

收復家園

天色漸暗之後，水鼠讓大家佩戴好戰鬥裝備。獾抓起他的大木棍，說：「好，跟我來！」他帶領他們沿著河邊走了一小段路，在河岸邊緣突然一拐彎，進到一個洞裡。鼴鼠和水鼠默默跟著走進洞裡，但蛤蟆腳底一滑，跌進水裡，噗通一聲濺起水花，而且還驚叫了一聲。大夥把他從河裡拉出來，才又進到祕密地道裡。

地道裡很冷、很暗、很潮濕，可憐的蛤蟆開始發抖。

他們安安靜靜往前走，豎起耳朵，緊握著槍，最後獾說：「我們應該已經到了蛤蟆莊園的地下了。」

這時，他們突然聽到叫嚷歡笑、腳踩地板、手拍餐桌的聲音。蛤蟆覺得非常緊張。地道開始微微向上，他們繼續往前走了一會兒，聽到有小腳用力踩地板，以及小手握著酒杯敲桌子的聲音。

「他們玩得很樂呢！」獾說，「來吧！」

他們快步往前，一直走到地道盡頭，面前是通往廚房地板的掀門。他們四個齊力把門往上頂，推開來，一個拉一個的爬出來，站在廚房裡。現在，他們和餐廳只隔著一道門。

笑聲和跺腳敲桌的聲音這時都停止了，有個嘲諷的聲音說：「我想說幾句感謝主人的話。我們親切的主人，蛤蟆。我們都認識蛤蟆！善良的蛤蟆！謙虛的蛤蟆！誠實的蛤蟆！」整個餐廳又響起拍手、敲桌、大笑的聲音。

「我們去打倒他！」蛤蟆低聲說。

「慢著！」獾把他拉回來，「先準備好，各位！」獾兩手牢牢抓住木棍，大喊：「時候到了！跟我來！」他用力打開門。

尖叫驚喊、拖椅拉桌的聲音四起。一隻隻黃鼠狼鑽進桌子底下，有些還跳出窗子。貂往壁爐奔逃，卡在煙囪

裡！桌椅杯盤全砸在地上。獾掄起他的大棍子，鼴鼠發出可怕的吶喊，水鼠的皮帶鼓鼓的，插滿武器，蛤蟆忿怒的跳起來，撲向黃鼠狼幫主。他們這支軍隊其實只有四隻動物，但在慌亂的黃鼠狼眼中，卻彷彿有千軍萬馬。黃鼠

狼四處奔逃，跳出窗戶、爬上煙囪，逃到任何可以躲開可怕棍棒的地方。

戰鬥很快就結束了。這四個朋友搜尋餐廳的各個角落，只要有頭冒出來，就掄起棍棒痛打。不到五分鐘，整個餐廳都清空了。鼴鼠去對付鼬鼠，而獾開始整理餐廳。

「蛤蟆，」他說，「我們幫你把房子奪了回來，你不打算請我們吃個三明治嗎？」

蛤蟆和水鼠找到冷雞肉、沙拉、酥脆麵包卷，以及很多的乳酪和奶油。才正要坐下來吃，鼴鼠就抱了一大堆武器回來。

「結束了，」他報告戰果，「鼬鼠一聽到屋裡的慘叫聲，就丟下槍，全跑了。」

第二天早上，蛤蟆很晚才下樓吃早餐。餐桌上只剩下一點乾巴巴的吐司，讓他覺得肚子更餓了。他坐下時，獾抬起頭，說：「蛤蟆，你今天早上恐怕會很忙。看，我們真的應該要舉行一場慶功宴，好好慶祝我們的勝利。這是規矩。」

「我現在就開始寫致詞稿！」蛤蟆嚷著說，「還要寫一首歌！」

「非常抱歉，蛤蟆，」水鼠說，「但是慶功宴上不會有致詞，也不唱歌。」

「我不能唱一首小小的曲子嗎？」他哀求。

「不行，」水鼠立場堅定，「你知道你每一次致詞和唱歌，都是在自吹自擂，驕傲的不得了。我們應該好好改變一下了！」

蛤蟆沉默了好久。「你贏了。」他終於說，「我會改頭換面，變成和以前不一樣的蛤蟆。唉，世事艱難啊！」

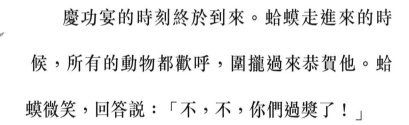

慶功宴的時刻終於到來。蛤蟆走進來的時候，所有的動物都歡呼，圍攏過來恭賀他。蛤蟆微笑，回答說：「不，不，你們過獎了！」

慶功宴非常成功。大家敲著桌子，喊：「蛤蟆！致詞！蛤蟆！唱歌！」但蛤蟆搖搖頭。他真的變成跟以前完全不一樣的蛤蟆了！

慶功宴結束之後，四隻動物繼續過著平靜的生活。蛤蟆送給典獄長女兒一條有墜子的金項鍊，並附上一封非常客氣有禮的信。他也好好感謝了火車司機。蛤蟆甚至給了船上的女人一筆錢，讓她可以買一匹新的馬。

夏日裡，這四個朋友有時會趁著傍晚在野森林散步，碰見的每一隻動物，總是很尊敬的向他們打招呼。黃鼠狼媽媽會指著他們說：「孩子，看！

他們就是爸爸告訴過你們的，偉大的蛤蟆先生，勇敢的水鼠先生，和知名的

鼴鼠先生！」而小孩從小就被告誡，要是不乖，就會被可怕的獾給抓走。獾

其實很喜歡小孩，但被大人嚇怕了的小孩還是不敢靠近他！